Léo



# MAXIMES, FABLES & DEVINETTES

Traduit de l'italien et présenté par Christophe Mileschi

*arléa*

16, rue de l'Odéon, 75006 Paris

– Domaine italien –

Octobre 2002
ISSN 1270-9204
ISBN 2-86959-595-6

# MAXIMES, FABLES & DEVINETTES

## Collection "Poche-Retour aux grands textes"

1. Sénèque, *La Vie heureuse* (suivi de *La Brièveté de la vie*)
2. Épictète, *Ce qui dépend de nous* (*Manuel* et *Entretiens*)
3. Lucrèce, *La Nature des choses*
4. L'Ecclésiaste, *Un temps pour tout*
5. *Le Cantique des cantiques*
6. *La Bhagavad Gîtâ*
7. Pétrone, *Satiricon*
8. Plutarque, *Erotikos*
9. Marc-Aurèle, *Pensées pour moi-même*
10. Cicéron, *Savoir vieillir (Cato Maior, de Senectute)*
11. Cicéron, *L'Amitié (Laelius, de Amicitia)*
12. Aristote, *Les Grands Livres d'éthique (La Grande Morale)*
13. Sénèque, *L'Homme apaisé* (*Colère* et *Clémence*)
14. Plutarque, *La Conscience tranquille* (suivi du *Bavardage*)
15. Juvénal, *La Décadence* (Satires)
16. Sappho, *Le Désir (Œuvres complètes)*
17. Sénèque, *Apprendre à vivre (Lettres à Lucilius)*
18. César, *La Guerre en Gaule*
19. Quintus Cicéron, *Manuel de campagne électorale*
20. Sénèque, *La Providence* (suivi de *La Constance du Sage*)
21. Cicéron, *Devant la mort (Tusculanes I)*
22. Cicéron, *Devant la souffrance (Tusculanes II et III)*
23. Cicéron, *Le Bonheur (Tusculanes IV et V)*
    Coffret Cicéron, *Les Tusculanes*
24. Sénèque, *Apprendre à vivre (Tome II)*
25. *Le Livre de Job*
26. Ésope, *Fables*
27. Pline le Jeune, *Le Temps à soi*
28. Platon, *Le Souci du bien*
29. Cardinal Mazarin, *Bréviaire des politiciens*
30. Euripide, *Électre*
31. Lucien de Samosate, *Dialogues des courtisanes*
32. Artémidore, *La Clef des songes*
33. *Chronique anonyme de la Première Croisade*
34. Rivarol, *L'Universalité de la langue française*
35. Homère, *Des héros et des dieux*
36. Anthologie, *Rome et l'amour*
37. Démosthène, *Les Événements de Chersonèse*
38. Hésiode, *Les Travaux et les jours*
39. Plutarque, *L'Intelligence des animaux*
40. Paul Nizan, *Démocrite, Épicure, Lucrèce*
41. Plutarque, *L'Ami véritable*
42. Platon, *Le Bonheur selon Socrate*
43. Montaigne, *L'Éducation des enfants*
44. Ovide, *L'Exil et le Salut*
45. Montaigne, *L'Expérience*
46. Sulamî, *La Lucidité implacable*
47. Salluste, *La Conjuration de Catilina*
48. Plutarque, *Le Vice et la Vertu*
49. Pline l'Ancien, *La Vertu des plantes*
50. Pline l'Ancien, *La Vertu des arbres*
51. Ignace de Loyola, *Exercices spirituels*
52. Claude Terreaux, *Vous reprendrez bien un peu de latin ?*
53. Montaigne, *Les Essais*

Présentation

## Philosophe de cour, fabuliste de palais

*Rien ne nous trompe autant que notre jugement.*

Léonard de Vinci

Léonard de Vinci était un génial touche-à-tout. Ses talents furent vite et largement reconnus de son vivant. Dès la trentième année d'une vie dont la durée allait être exceptionnellement longue pour l'époque (près de soixante-dix ans !), le voilà qui s'autoproclame « homme universel ». Rien de moins. Il est vrai qu'il joint le geste à la parole : on le connaît, tour à tour ou simultanément, peintre, sculpteur, architecte, ingénieur civil et militaire, anatomiste, philosophe, inventeur fantasque...

Nous avons tous en tête quelques croquis de ses machines volantes, navires submersibles, chars d'assaut, et autres engins hydrauliques, appareils bizarres, mécaniques imaginaires, impossibles, pour la plupart, à réaliser en son temps, mais qui annoncent avec quelques siècles d'avance l'ère industrielle.

Léonard n'est pas un diseur farfelu de bonne aventure. Il n'est pas non plus un perroquet à diplômes. Les inventions qu'il envisage de même que celles qu'il réalise effectivement sont toutes le fruit d'études minutieuses, où l'observation tient une place centrale. Alors que la tradition savante de son temps s'en remet fidèlement à tel ou tel livre de référence – les Saintes Écritures, Platon, Aristote... – pour décrire et interpréter le monde, Léonard ouvre les yeux et essaie de réfléchir par lui-même :

> *Nombreux sont ceux qui croiront pouvoir à bon droit s'opposer à moi, en arguant du fait que les preuves que j'avance sont contraires à l'autorité de certains hommes, qu'ils tiennent ingénument en haute estime, sans voir que les choses que je dis sont nées sous la dictée*

*de la pure et simple expérience, qui est la maîtresse véritable.*

Ou, sur un ton plus sournoisement moqueur :

*Celui qui dans une discussion se réclame de l'autorité ne met pas en œuvre l'intelligence, mais plutôt la mémoire.*

Voilà qui est envoyé, et peut toujours servir. Il n'est d'ailleurs pas impossible que les sentences et aphorismes de ce genre aient été inspirés par des blessures d'orgueil, et qu'ils soient une réponse à ceux qui opposèrent le dogme du savoir officiel à ses hypothèses et productions excentriques. C'est que l'immense Léonard a une faille immense : il ne sait pas très bien son latin ! Cette relative ignorance, à une époque où le latin est encore, et pour longtemps, la langue de tous les livres doctes d'Europe, Léonard ne devait sûrement pas s'en vanter tout haut. Pourtant, en le plaçant malgré lui un peu en marge du champ des préjugés chiens-savants, elle a sans doute joué sur sa pensée un rôle stimulant et libérateur.

Léonard, un cancre qui a eu sa revanche.

*

* *

C'est peut-être parce qu'il n'écrivait pas en latin que Léonard n'a rien publié de son vivant. Et pourtant, comme chez lui l'activité pratique s'accompagne invariablement d'une réflexion théorique, il n'a jamais cessé de noircir des pages par milliers. Il écrit en « vulgaire », la langue qu'on parle dans les rues et sur les places publiques. Évidemment, comme c'est toujours le cas quand il s'agit des parlers vivants, le vulgaire varie d'une région et même d'une ville à l'autre.

Originaire du village de Vinci, en Toscane, Léonard écrit en toscan – dialecte que Dante avait choisi pour sa *Comédie* (mais pas pour d'autres textes théoriques, rédigés en latin, que Dante, lui, connaissait bien) et qui forme aujourd'hui la base de l'italien standard

Mais Léonard voyage ici et là, mettant ses talents divers au service de princes successifs, à Milan, à Florence, à Rome, en France, et son style se ressent d'influences cosmopolites. Sans entrer dans de fastidieuses considérations techniques, on peut dire que sa langue n'est pas encore précisément fixée : les tournures syntaxiques, les formes des articles ou des verbes, certains mots changent d'un moment à l'autre, et parfois au sein d'un même texte. Sans doute était-ce alors monnaie courante, et pas seulement en italien, dès qu'un auteur sortait du carcan académique du latin. La langue de Léonard est donc bel et bien une langue vivante, une langue qui bouge, et qui, comme on va le voir, sert le projet de faire bouger.

Les écrits réunis ici proposent au lecteur français un visage vraisemblablement moins connu du grand homme : celui du philosophe de cour, du fabuliste de palais. En parcourant ces textes courts et incisifs, parfois juste ébauchés, souvent conçus pour divertir et émailler la conversation de bons mots, on devine que Léonard, très prisé pour ses talents d'organisateur de fêtes, fut également un maître dans l'art de séduire. Il s'y entend à doser le difficile mélange de gravité et de drôlerie, de profondeur et de facétie, d'érudition et d'humour. Qu'il frappe une sentence ou jette quelques notes pour un récit édifiant, qu'il écrive ou réinvente une fable, rapporte ou imagine une cocasse anecdote, ou élabore d'obscures définitions qui transforment le quotidien en devinettes, Léonard cherche toujours à plaire, mais c'est sans renoncer jamais à faire réfléchir. Le pessimisme des maximes sur la nature humaine ou le sérieux des aphorismes sur le monde ou sur la connaissance ne s'érigent jamais en dogme, car on ne perd pas de vue la fragilité de nos certitudes, l'insuffisance irrémédiable de nos moyens d'investigation :

> *La nature est remplie d'une infinité de raisons dont l'expérience n'a jamais vu la trace.*

À l'inverse, le ton ne se fait plus léger – sinon apparemment futile, comme dans certaines fables malicieuses ou dans les prophéties parodiques – que pour laisser plus librement percer la satire sociale, la critique de mœurs, la polémique envers les pouvoirs institués, singulièrement le religieux. Derrière le grotesque d'un apologue ou le burlesque d'une devinette, Léonard adresse de rudes mises en garde à l'homme qui, depuis si longtemps, cultive cette prétention d'être centre et maître du monde, et il fustige sa bassesse, sa vanité, sa cruauté envers ses semblables – les autres hommes, mais aussi les plantes et les animaux, êtres sensibles autant que nous. Et plus que nous sensés, peut-être :

> *L'homme déploie de grands raisonnements, dont la majeure partie est vaine et fausse ; les animaux raisonnent moins loin, mais leurs pensées sont utiles et vraies ; or mieux vaut une petite certitude qu'un grand mensonge.*

La mise en question de la frontière entre les espèces, de la séparation entre animal et humain, le retournement de la hiérarchie du vivant, la dénonciation caustique de l'arrogance humaine – qui annonce déjà Leopardi – sont la marque d'un esprit libre, dans une époque provisoirement délivrée de la hantise du bûcher. (On le remettra au goût du jour, quelques décennies plus tard, pour Galilée, qui saura l'éviter, ou pour Giordano Bruno, qui y grillera tout vif.)

Et aujourd'hui ? Au fur et à mesure que je traduisais, j'ai vu naître et grandir en moi le sentiment que Léonard nous parle bel et bien du temps et au temps présent. Ses fables, ses sentences, ses parodies de prophéties finissent par dessiner en filigrane un réquisitoire sans pitié devant l'attitude catastrophique de l'homme à l'égard de la planète où il vit, et de ses autres habitants. Ainsi dans cette devinette, dont la solution suit l'énoncé :

*Les œuvres des hommes seront cause de leur mort.*
Les épées et les lances.

Depuis l'épée et la lance, l'homme a accompli des progrès formidables dans l'art de causer la mort et de mettre la vie à la souffrance. Plus que par les questions de style, le travail de traduction a été guidé par le désir d'être fidèle à cette modernité tragi-comique des avertissements de Léonard. Je crois en effet qu'il est temps encore d'écouter le vieux sage et, tout en souriant avec lui de ses trouvailles et de ses farces, de ne pas détourner le regard de ce miroir qu'il nous tend à travers les siècles.

C. M.

# MAXIMES

Tu fais mal si tu fais l'éloge de quelque chose que tu ne comprends pas bien ; et si tu blâmes, tu fais plus mal encore.

Rien ne nous trompe autant que notre jugement.

Celui qui s'oriente sur l'étoile ne se retourne pas.

La rigueur vient toujours à bout de l'obstacle.

Détourne-toi des préceptes de ceux qui spéculent sur le monde mais dont les raisons ne sont pas confirmées par l'expérience.

Ô vous qui étudiez, étudiez les mathématiques, et ne construisez pas sans fondements.

Celui qui blâme la certitude suprême des

mathématiques se repaît de confusion, et ne pourra jamais faire taire les contradictions des sciences philosophiques, à cause desquelles on apprend encore et encore à beugler.

Ceux qui écrivent des résumés d'œuvres font injure à la connaissance et à l'amour, dès lors que l'amour de toute chose est fils de cette connaissance, et que l'amour est d'autant plus fervent que la connaissance s'approche davantage de la certitude ; certitude qui naît de la connaissance totale de toutes les parties qui, lorsqu'elles sont réunies, formeraient le tout de ces choses qui doivent être aimées.

Je dispose de tant de mots dans ma langue maternelle que je dois bien plutôt me plaindre de mal comprendre les choses, que du manque de mots par lesquels exprimer l'idée que j'ai en tête.

L'idée, c'est-à-dire l'imagination, est le gouvernail et la bride des sens, dans la mesure où c'est la chose imaginée qui met le sens en branle.

Celui qui dans une discussion se réclame de

l'autorité ne met pas en œuvre l'intelligence, mais plutôt la mémoire.

L'expérience, intermédiaire entre les règles de la nature et l'espèce humaine, nous enseigne que la façon dont ladite nature agit parmi les mortels, sous la contrainte de la nécessité, ne peut être différente de la façon dont la raison, son gouvernail, lui enseigne qu'elle agit.

Aucune action naturelle ne peut être abrégée.

Toute action naturelle est engendrée par la nature de la plus courte façon que l'on puisse trouver.

Celui qui n'est pas mathématicien, qu'il ne me lise pas quand j'expose mes principes.

La partie a toujours tendance à vouloir se rattacher à son tout d'origine pour échapper à son imperfection.

Il en est des hommes qui inventent et qui interprètent la nature, par rapport à ceux qui répètent et qui propagent les œuvres d'autrui, exactement comme des objets placés devant un miroir par rapport aux reflets qui s'y forment : les premiers sont quelque chose par eux-mêmes ; les autres ne sont rien tout seuls. Ce sont des gens fort peu en prise avec la nature, et leurs habits sont si peu essentiels qu'on pourrait presque les leur ôter, et les mener parmi le troupeau des bœufs.

Nombreux sont ceux qui croiront pouvoir à bon droit s'opposer à moi, en arguant du fait que les preuves que j'avance sont contraires à l'autorité de certains hommes, qu'ils tiennent ingénument en haute estime, sans voir que les choses que je dis sont nées sous la dictée de la pure et simple expérience, qui est la maîtresse véritable.

Les hommes bons désirent naturellement savoir. Je sais que nombreux sont ceux qui diront que c'est là œuvre inutile. Ce seront ceux dont Démétrios a dit que le courant d'air qui est cause des mots se formant dans leur bouche ne mérite pas davantage d'attention que cet autre vent, qui sort par l'autre côté de leur corps. Des hommes qui n'ont désir que de richesses et de jouissances corporelles, et sont entièrement dépourvus du goût de la connaissance, véritable nourriture et richesse de l'âme ; car si l'âme est plus digne que le corps, alors de la même façon les richesses de l'âme seront plus dignes que celles du corps. Et souvent, quand je vois un de ceux-là prendre en main une œuvre de connaissance, je m'attends à le voir la porter comme un singe à son nez, ou à l'entendre me demander si ça se mange.

Dans la nature, tout a toujours une raison. Si tu comprends cette raison, tu n'as plus besoin de l'expérience.

L'expérience ne se trompe jamais, ce sont nos jugements qui se trompent, quand ils attendent d'elle des choses qu'elle n'a pas le pouvoir de faire.

C'est à tort que les hommes accablent l'expérience de mille reproches, l'accusant d'être trompeuse. Mais laissez-la donc tranquille, la pauvre, et tournez plutôt vos griefs contre votre propre ignorance : c'est elle qui vous conduit, vous et vos désirs vains et sots, à exiger de l'expérience des choses qu'elle n'a pas le pouvoir de faire, c'est à cause de votre ignorance que vous accusez l'expérience d'être trompeuse.

Celui qui attend de l'expérience ce qu'elle ne peut donner s'éloigne de la raison.

La sagesse est fille de l'expérience.

La nécessité est maîtresse et tutrice de la nature.

La nécessité est la crainte et la créatrice de la nature, et son frein et sa règle éternelle.

Ce qui n'a pas de limite ne peut être représenté.

Une cause étant donnée, la nature provoque l'effet par le plus court chemin possible.

Quoi que fasse la nature, personne ne peut le faire avec les mêmes moyens par un plus court chemin. Les causes étant données, la nature accouche des effets par les plus courts chemins possibles.

De même que tout royaume divisé est bientôt défait, toute intelligence qui se divise en plusieurs études différentes s'embrouille et s'affaiblit.

Tout instrument exige d'être fait avec l'expérience. Tout instrument doit être utilisé avec l'expérience dont il est né.

Ne perds pas ton temps avec des recherches dont tous les résultats meurent en même temps que celui qui les a trouvés.

Ô vous qui spéculez sur le mouvement perpétuel, comme vous avez parlé souvent pour ne rien dire ! Allez donc rejoindre ceux qui cherchent la recette de l'or.

L'œuvre de la nature est bien plus difficile à comprendre que le livre d'un poète.

La partie garde toujours en elle quelque chose de la nature du tout.

Celui qui aime va à la chose aimée comme les sens vont à la chose sensible : il s'unit avec elle, et tous deux ne font plus qu'un seul et même corps. La première chose qui naît de cette union, c'est l'œuvre. Si la chose aimée est vile, celui qui aime le devient aussi. Si au contraire elle est digne de celui qui veut s'unir à elle, il s'ensuit délectation, plaisir et satisfaction. Quand l'amant s'est uni à ce qu'il aime, alors il se repose. Quand le poids est posé, alors il se repose.

Parmi les cinq sens, la vue, l'ouïe et l'odorat connaissent moins d'interdits que le toucher et que le goût.

Science : informations concernant les choses qui sont possibles, dans le présent et le passé. Prescience : informations concernant les choses dont il est possible qu'elles puissent se produire.

La sottise est le bouclier de la honte, comme l'insolence est celui de la pauvreté.

Toute connaissance commence par les sentiments.

Car l'œil voit les choses de façon plus certaine dans les rêves qu'il ne les voit par l'imagination durant la veille.

Les sens sont terrestres, et la raison se tient donc en-dehors d'eux lorsqu'elle considère les choses.

Le mouvement est la cause de toute vie.

La nature n'enfreint jamais ses propres lois.

La nature est soumise à la raison de sa loi, qui vit infuse en elle.

Quand on fait une expérience, il faut la faire plusieurs fois, car un accident peut avoir empêché ou faussé le résultat, et alors l'expérience elle-même serait fausse et tromperait l'expérimentateur.

Celui qui nie la raison des choses affiche son ignorance au grand jour.

Aristote et Alexandre furent des maîtres l'un pour l'autre. Alexandre posséda de grandes richesses, ce qui lui donna le moyen de dominer le monde ; Aristote posséda un grand savoir, ce qui lui donna le moyen de dominer toutes les autres sciences.

La nature est remplie d'une infinité de raisons dont l'expérience n'a jamais vu la trace.

Ô vous qui spéculez sur le monde, méfiez-vous des auteurs qui ont voulu se faire les interprètes entre la nature et l'homme par leur seule imagination. N'ayez confiance qu'en ceux qui ont réfléchi à partir de l'expérience. Et souvenez-vous que les expériences peuvent être trompeuses si l'on n'y prend garde, et que là où l'on croit n'en voir qu'une, toujours la même, il y en a souvent plusieurs, très différentes.

Il ne faut pas appeler richesses les choses que l'on peut perdre. C'est la vertu qui est notre vrai bien, et la vraie récompense de quiconque la possède : la vertu, on ne peut pas la perdre, elle ne nous abandonne pas tant que la vie continue, au contraire des biens tangibles et des trésors matériels, qu'on ne détient que dans la crainte de les perdre, et qui souvent laissent celui qui les possédait contrit et humilié quand il s'en voit privé.

La science est le capitaine, et la pratique, ce sont les soldats.

Il faut chercher la proportion non seulement dans les nombres et dans les mesures, mais aussi dans les sons, les poids, les temps et les lieux, et en toute grandeur possible.

Quand tu rédigeras ton traité de la Science des mouvements de l'eau, souviens-toi de mentionner, sous chaque proposition, quelles applications elle a, afin que cette science ne soit pas inutile.

On trouve dans l'œuvre d'Horace le premier exemple de l'erreur de ceux qui utilisent la pratique sans la science.

Celui qui s'entiche de pratique en oubliant la science est comme le pilote qui veut conduire le navire sans gouvernail ni boussole : il ne sait jamais où il va.

Ô toi qui t'interroges sur le monde, ne te flatte pas de connaître les choses telles que la nature en elle-même les accomplit. Mais réjouis-toi de connaître les fins de celles qui sont dessinées par ton propre esprit.

Il n'y a aucune certitude là où on ne peut

pas appliquer l'une ou l'autre des sciences mathématiques, c'est-à-dire de celles qui sont intimement reliées aux mathématiques.

La mécanique est le paradis des sciences mathématiques, car c'est avec la mécanique qu'on touche au fruit mathématique.

Mais avant d'aller plus loin, je ferai d'abord quelques expériences, car mon intention est de présenter d'abord l'expérience, puis de démontrer par la raison pourquoi cette expérience doit obligatoirement se dérouler de telle façon. Et c'est ici la véritable règle que doivent observer ceux qui réfléchissent aux phénomènes naturels : bien que la nature commence par la raison et termine par l'expérience, nous, nous devons suivre l'ordre contraire, c'est-à-dire commencer, comme je l'ai dit, par l'expérience, et à partir de là explorer la raison.

Aucune investigation humaine ne peut être appelée science véritable si elle ne passe pas par les démonstrations mathématiques. Et si tu prétends que les sciences qui commencent et finissent dans notre esprit ont une vérité, on voit mille raisons non de l'admettre, mais de le nier ; et avant tout le fait que ces discours mentaux ne permettent pas de faire des expériences, sans lesquelles aucune chose ne se donne à connaître avec certitude.

Étudie d'abord la science, puis poursuis la pratique qui naît de cette science.

Celui qui a du temps mais prend son temps perd son ami, et n'a jamais un sou vaillant.

Notre jugement ne juge pas les choses qui se sont produites à tel ou tel moment dans le temps, selon les durées qui effectivement nous en séparent : bien des choses passées depuis de nombreuses années nous paraîtront toutes proches et touchant au présent, et bien des choses proches paraîtront anciennes, aussi éloignées que notre jeunesse elle-même. C'est comme pour le regard : l'œil croit voir proches des objets éloignés parce qu'ils sont illuminés par le soleil, et des objets proches lui semblent éloignés.

Le bonheur suprême sera cause suprême de malheur, et la perfection de la connaissance cause de la sottise.

L'âme désire demeurer avec le corps qui lui revient, car sans les instruments organiques de ce corps, elle ne peut rien faire ni sentir.

Ô temps, qui consumes toutes choses, ô toi, jalouse fuite des ans, qui détruis toutes choses, ô vous qui consumez et tuez toutes choses, les rongeant lentement des crocs de la vieillesse ! Hélène, tandis qu'elle se regarde au miroir, voyant les rides flasques que la vieillesse a dessinées sur son visage, se met à pleurer et demande : « Pourquoi a-t-il fallu qu'on m'enlève deux fois ? »

L'âge qui avance court en cachette et nous trompe, et il n'est aucune chose qui aille plus vite que les années, et celui qui sème la vertu récolte la renommée.

Nombreux sont ceux qui nous bernent.

Il est tout aussi condamnable de dire du bien d'une canaille que de dire du mal d'un homme bon.

Le souvenir des bienfaits reçus est fragile, comparé à l'ingratitude.

Si tu dois faire un reproche à ton ami, que cela soit secret entre vous ; mais ses louanges, que tous t'entendent les faire.

De même que l'animosité est pour la vie un péril, de même la peur est pour elle une sécurité.

À proprement parler, l'homme et les animaux sont un lieu de passage pour la nourriture, une sépulture d'animaux, une auberge pour les cadavres, une fabrique de la vie à partir de la mort d'autrui, un fourreau à la corruption.

Ô dormeur ! Mais qu'est donc le sommeil ? Le sommeil est semblable à la mort. Pourquoi donc n'est-il pas possible qu'après la mort nous gardions l'apparence parfaite des vivants, si les vivants peuvent dans le sommeil se faire semblables aux lugubres morts ?

Dès que la Chance entre quelque part, l'Envie aussitôt fait le siège et engage le combat ; et lorsqu'elle s'en va, elle ne laisse derrière elle que douleur et regret.

C'est à tort que les hommes se plaignent de la fuite du temps, en l'accusant d'être trop rapide, sans voir qu'il s'écoule à la bonne vitesse ; car ce n'est pas lui, mais la mémoire dont la nature nous a dotés qui nous fait souffrir, quand elle nous montre des choses passées depuis longtemps comme si elles étaient encore présentes.

Les menaces ne sont des armes que pour celui qu'elles visent.

Quelle est la chose qui se refuse d'autant plus qu'on en a davantage besoin ? C'est le conseil, que ceux qui en ont le plus besoin écoutent le moins volontiers : je parle des ignorants. Quelle est la chose dont on se rapproche d'autant plus qu'on la craint et la fuit davantage ? C'est la misère : plus tu la fuis, plus tu t'épuises et deviens misérable.

Les ambitieux, qui ne se satisfont jamais des bienfaits de la vie, ni de la beauté du monde, reçoivent pour pénitence de devoir déchirer eux-mêmes leur propre vie, et de ne pas pouvoir posséder l'utilité et la beauté du monde.

La vie bien employée est longue.

D'une chose légère peut naître un grand désastre.

Tant que dure ta jeunesse, acquiers des choses qui ensuite te consoleront du dommage de ta vieillesse. Et si tu es d'avis que la vieillesse doit se nourrir de connaissance, fais en sorte, tant que tu es jeune, que ta vieillesse ne manque pas de nourriture.

Nous faisons notre vie de la mort d'autrui.

La patience joue contre les offenses exactement le même rôle que les vêtements contre le froid ; si tu augmentes l'épaisseur des vêtements à mesure qu'augmente le froid, le froid ne peut te faire de mal ; de même si, devant les offenses les plus graves, tu fais preuve de plus de patience, ces offenses ne pourront pas blesser ton esprit.

Quand je croirai apprendre à vivre, et que j'apprendrai à mourir.

Aristote, dans le troisième livre de l'*Éthique*,

affirme que l'homme n'est digne de louange et de blâme que pour ce qu'il est en son pouvoir de faire ou de ne pas faire.

Quand la Fortune passe à ta portée, saisis-la d'une main ferme et attrape sa chevelure par devant parce que derrière elle est chauve.

Le fer rouille si on ne l'utilise pas, et l'eau se putréfie si elle stagne, ou gèle s'il fait froid ; de même l'intelligence qui ne s'exerce pas se gâte.

L'objet possédé est heureux tant que son propriétaire l'a à l'œil.

L'amour triomphe de toute chose.

Voilà qui est prouvé par l'expérience : celui qui ne se fie à personne ne sera jamais abusé.

Je ne me lasse pas de servir.

Qui veut s'enrichir en un jour finit à la potence en un an.

Horace dit : Dieu nous vend tous les biens au prix de notre peine.

La vérité à la fin se montre, et la simulation ne sert plus à rien. La simulation perd tous ses moyens devant un si grand juge.

L'homme éprouve le désir de savoir si la femme est susceptible de céder à la luxure ; et s'il comprend que oui, et qu'elle a le désir de l'homme, alors il la prend et réalise son désir ; mais il ne peut le comprendre sans avouer d'abord son intention, et c'est donc à la condition d'avouer qu'il fout.

C'est grâce à la luxure que se perpétue la vie.

C'est grâce à la gourmandise que se maintient la vie.

C'est grâce à la peur, ou à la crainte, que se poursuit la vie.

C'est grâce à la douleur que se préserve l'instrument de la vie.

Le sauvage est celui qui se sauve.

La peur naît plus vite que n'importe quelle autre chose.

D'après *Cornelius Celsus.* Le souverain bien est la connaissance, et le mal extrême est la douleur du corps. Nous sommes en effet composés de deux parts, l'âme et le corps ; la première étant la meilleure et la seconde la pire, le meilleur des biens appartient à la meilleure part, le pire des maux à la plus mauvaise. La connaissance est une très bonne chose pour l'âme. De même que la douleur est une très mauvaise chose pour le corps. Et donc, comme le plus grand mal est la douleur corporelle, la connaissance est le souverain bien de l'âme et, donc, de l'homme sage, pour qui aucune chose ne peut valoir autant.

De même que celui qui a eu une journée bien remplie s'endort heureux, de même celui qui a eu une vie bien employée meurt heureux.

L'eau de ce fleuve que tu touches est la dernière de celle qui est partie, et la première de celle qui vient. De même le temps présent.

Un vase en terre crue qui se casse, on peut le reformer ; en terre cuite, non.

Notre corps est soumis au ciel, et le ciel est soumis à l'esprit.

Je t'obéis, Seigneur, en premier lieu à cause de l'amour qu'il est juste et bon que je te porte, en second lieu parce que tu sais abréger ou prolonger la vie des hommes.

Discerner, juger, conseiller sont des actes humains.

Qui n'estime pas la vie ne mérite pas la vie.

Il arrive très souvent qu'une même chose soit soumise en même temps à deux forces, à savoir : nécessité et puissance. L'eau tombe du ciel, la terre l'absorbe par la nécessité de sa nature, et le soleil l'assèche non par nécessité mais par la puissance de son effet.

L'âme ne peut jamais être affectée par la corruption du corps, mais elle est dans le corps à la manière du vent qui cause le son qu'un orgue produit : si un tuyau est abîmé, le son provoqué par le vent n'est plus aussi bon.

Quelle folie que celle de cet homme qui endure mille peines pour échapper aux peines, et qui voit sa vie s'enfuir dans l'espoir de jouir des biens qu'il a gagnés au prix d'un effort extrême !

Ici-bas, pour un grand nombre d'animaux, la nature semble avoir été une marâtre cruelle plutôt qu'une mère ; et pour quelques-uns, plutôt qu'une marâtre, une mère.

En voilà quelques-uns qui méritent qu'on les appelle ainsi et pas autrement : tuyaux à nourriture, entasseurs de fiente, remplisseurs de chiottes. Par eux, rien d'autre n'apparaît au monde, aucune vertu jamais ne s'accomplit, et à la fin il ne reste d'eux que des chiottes pleines.

Il est bien piètre le disciple qui jamais ne dépasse son maître.

La vérité n'est fille que du temps.

Le vide naît quand l'espoir meurt.

Ne mens jamais quant au passé.

Celui qui craint tels dangers ne meurt pas à cause d'eux.

Tous les dommages que nous subissons laissent dans la mémoire un sentiment de déplaisir, hormis le plus grand d'entre les dommages, la mort : car en même temps que la vie, elle tue la mémoire.

L'envie frappe en jetant des accusations infamantes et fausses, autrement dit en diffamant, et cela épouvante la vertu.

La renommée s'envole et s'élève vers le ciel, car tout ce qui est vertueux est l'ami de Dieu.

Il faut représenter l'infamie la tête en bas, car toutes ses œuvres sont contraires à Dieu, et se dressent à l'envers, vers les enfers.

Que toute chose vise à extirper le mauvais.

Tout tort peut être redressé.

Cueille le chiendent si tu veux que les bonnes herbes poussent.

Le bronze sera tel que l'aura fait le moule.

La constance n'est pas de commencer, mais de persévérer.

L'eau qui déborde par-dessus ses digues d'un côté les sape et les détruit de l'autre.

Demande conseil à qui sait se corriger.

Le mal qui ne me nuit en rien est tout pareil au bien qui ne me sert à rien : comme les joncs qui retiennent des brindilles formant bientôt un barrage qui les noiera.

La justice exige puissance, intelligence et volonté, et en cela elle ressemble à la reine des abeilles.

Qui ne punit pas le mal commande qu'on le fasse.

Qui saisit la couleuvre par la queue est sûr de se faire mordre.

Qui creuse la fosse la verra s'effondrer sur lui.

Qui sape la base du mur le verra s'écrouler sur lui.

L'arbre se venge de celui qui le coupe en s'abattant sur lui.

Pour le traître, c'est la mort qui est la vie, car, s'il se montre loyal, personne ne le croit.

On ne peut avoir d'empire plus petit, ni d'empire plus grand que celui qu'on a sur soi-même.

Il est plus facile de s'opposer au début qu'à la fin.

Le conseil le plus loyal est celui que l'on donne depuis un navire menacé de faire naufrage.

Que celui qui se fait conseiller par un jeune homme s'attende à des désagréments.

Qui pense peu se trompe beaucoup.

L'homme déploie de grands raisonnements, dont la majeure partie est vaine et fausse ; les animaux raisonnent moins loin, mais leurs pensées sont utiles et vraies ; or mieux vaut une petite certitude qu'un grand mensonge.

Ceux qui ne réfrènent pas leur volonté, qu'ils aillent vivre avec les bêtes.

De même que manger sans faim est dommageable à la santé, étudier sans désir abîme la mémoire, qui ne retient rien de tout ce qu'elle touche.

La ronce sur laquelle on a greffé de bons fruits donne l'image de ce qui, en soi, n'était pas disposé à la vertu, mais qui, grâce à l'aide du précepteur, devient capable de montrer de très utiles qualités.

Quand des mots ne sont pas agréables aux oreilles de celui qui les écoute, ils provoquent en lui de l'ennui, voire de l'irritation ; ce dont souvent témoignent ses copieux bâillements. Si donc tu es amené à parler devant des hommes dont tu cherches à t'attirer la bienveillance, et que tu observes chez eux de tels étalages d'ennui, abrège, ou change de sujet ; car si tu ne le fais pas, alors, au lieu de la grâce que tu désirais, tu obtiendras inimitié et haine.

Si tu veux savoir quels sont les conversations qui font plaisir à Untel, mais sans le lui demander, parle-lui de différents sujets l'un après l'autre. Quand tu vois qu'il se montre attentif, sans bâiller ni froncer les sourcils, ni faire d'autres mimiques, tu peux être sûr que la chose dont il est question à cet instant-là est celle qui lui est agréable...

On ne devrait pas désirer l'impossible.

# FABLES

*L'eau et le feu*

Le feu tance l'eau qui est dans la marmite, en lui disant qu'elle ne mérite pas de se trouver plus haut que lui, le feu, roi des éléments. Il décide de chasser l'eau en-dehors de la marmite en la chauffant à gros bouillons. Alors l'eau, pour lui faire honneur, descend plus bas, et noie le feu.

*Le torrent*

Le torrent amena dans son lit tant de terre et de pierres qu'à la fin il fut obligé de changer de cours.

*La neige*

Un petit tas de neige se trouvait accroché au sommet d'un roc, qui occupait la plus haute cime d'une montagne immense. Méditant sur sa condition, la neige se faisait les réflexions suivantes : « Ne doit-on pas m'appeler hautaine et orgueilleuse, moi qui, infime parcelle de neige, me trouve placée en si haut lieu ? Moi qui dois accepter que les magnifiques étendues de neige que je peux voir d'ici se trouvent plus bas que moi ? Ma négligeable dimension ne mérite certes pas tant, et il me faut songer que le soleil pourrait bien me rappeler ma petitesse en me réservant le même sort qu'à mes compagnes, qu'il fit fondre, l'autre jour, en quelques heures. Or si cela leur est arrivé, c'est qu'elles tenaient une place plus haute que celle qui leur revenait. Quant à moi, je veux fuir la colère du soleil, et m'abaisser jusqu'à un lieu qui corresponde à ma faible mesure. »

Elle se jeta alors vers le bas et commença à descendre, roulant depuis les hautes pentes par-dessus d'autres couches de neige, et devenant d'autant plus grosse qu'elle cherchait un lieu plus bas. De sorte qu'à la fin, achevant son parcours au sommet d'une colline, elle était presque aussi grosse que la colline elle-même. Cet été-là, cette neige fut la dernière à être défaite par le soleil.

Histoire pour ceux qui font preuve d'humilité : ils seront élevés.

*Le lys et la rivière*

Le lys s'installa sur la rive du Tessin, mais le courant emporta la rive, et le lys avec elle.

*La boule de neige*

Plus la boule de neige descendait du haut des montagnes enneigées, plus elle augmentait de grandeur.

*L'eau*

Un jour que l'eau se trouvait au sein de la mer superbe, son élément, l'envie lui vint de s'élever dans les airs. Avec l'aide du feu, elle s'éleva en vapeur subtile, paraissant presque aussi légère que l'air. Continuant à monter de plus en plus haut, elle arriva où l'air est plus subtil et plus froid : là, elle fut abandonnée par le feu. Alors les petits grains d'eau se resserrent, commencent à s'unir et deviennent plus lourds. L'orgueil cède bientôt la place à la fuite, l'eau tombe du haut du ciel, à la suite de quoi elle est bue par la terre aride, où elle demeura longtemps prisonnière, faisant pénitence de son péché.

### *Le vin*

L'ivrogne avale le vin. Le vin se venge en le saoulant.

### *Le vin et les mahomettans*

Le vin, liqueur divine du raisin, se trouvait un jour dans une riche tasse en or, à la table de Mahomet. D'abord tout fier de tant d'honneur, voilà qu'il fut soudain saisi d'une pensée contraire, et qu'il se dit ceci : « Mais qu'est-ce qui me prend ? De quoi est-ce que je me réjouis ? N'est-il pas évident que je suis tout près de l'heure de ma mort et que je vais quitter la demeure dorée de cette coupe pour plonger dans les cavernes fétides et répugnantes du corps humain, où je me transformerai, de liqueur parfumée et suave, en sale et méchante urine ? Et comme si cela ne suffisait pas, ne devrai-je pas aussi séjourner longtemps dans des recoins horribles, en présence de cette autre matière fétide et corrompue qui sort des viscères de l'homme ? »

Ses cris s'élevèrent aux cieux, implorant qu'un tel crime fût vengé, et qu'il fût mis fin à tant de mépris : qu'au moins, dans ce pays où poussaient les raisins les meilleurs et les plus beaux du monde, on cessât de les transformer en vin ! Alors Zeus fit en sorte que le vin bu par Mahomet lui montât à la cervelle, la gâtant de telle sorte qu'il en devînt fou et fît mille sottises. Lorsqu'il eut repris ses esprits, il décréta qu'aucun Asiatique ne devrait jamais boire de vin. Si bien qu'on laisse depuis en paix les vignes et leurs fruits.

### *L'encre et le papier*

Le papier méprisait la noirceur de l'encre. Or celle-ci souilla la blancheur dont il était si fier. Le papier, se voyant tout taché par cette noire humeur de l'encre, s'en plaint auprès d'elle ; mais l'encre lui montre alors que, grâce aux mots qu'elle a tracés sur lui, il peut maintenant espérer le salut.

### *La flamme d'une chandelle*

En consumant la chandelle, la lumière de la flamme vorace se consume elle-même.

### *Le papillon et la flamme*

Le papillon, frivole et vagabond, ne s'estimait pas assez heureux de voler à son aise dans les airs. Conquis par les charmes d'une flamme de chandelle, il décida de voler vers elle, mais son élan joyeux fut cause d'un malheur soudain, car la flamme détruisit ses ailes fines. Tout brûlé, le pauvre papillon tomba au pied du chandelier, et, après avoir beaucoup pleuré, plein de regrets, essuyant ses yeux inondés de larmes, il leva le visage vers le ciel et dit : « Ô lumière trompeuse, combien de misérables dans mon genre as-tu abusés avant moi. Et moi, si je voulais voir la lumière, ne devais-je pas savoir distinguer le soleil de la fausse lueur que produit le suif ? »

### *La flamme et la chandelle*

Il y avait déjà un mois que les flammes brûlaient dans le fourneau du verrier, quand elles virent s'approcher d'elles une chandelle sur un beau chandelier étincelant : un grand désir les prit aussitôt de s'en rapprocher. L'une d'elles parvint à sortir de son cours naturel pour s'introduire dans une braise creuse. Après s'y être nourrie, elle en ressortit par une petite fente située de l'autre côté, tout près de la chandelle. Alors elle se jeta sur elle et se mit à la dévorer de façon si vorace et goulue que la chandelle, bientôt, fut presque entièrement consumée. Voulant alors assurer sa survie, la flamme tenta de regagner le four d'où elle était partie. Ce fut peine perdue. Il lui fallut mourir et disparaître en même temps que la chandelle. À la fin, dans les pleurs et les regrets, elle se changea en fumée importune, laissant ses sœurs dans la beauté splendide d'une longue vie.

### *Le papillon et la lampe à huile*

Un papillon bariolé voletait çà et là, sans but, dans la nuit, quand il vit la lueur d'une lampe, vers laquelle il fit aussitôt cap. Stupéfait de tant d'éclatante beauté, il se mit à voler en cercle autour d'elle. Puis, non content de seulement la regarder, il s'approcha, décidé à oser ce qu'il avait coutume de faire avec les fleurs odorantes. Il dirigea son vol vers la lampe et, sans hésiter, traversa la flamme, qui lui brûla les extrémités des ailes, des pattes et autres ornements. Tombé au pied de la lampe, il s'interrogeait, étonné, sur la cause de cette mésaventure, ne pouvant pas envisager que d'une chose si belle pût surgir le moindre mal. Aussi, ayant recouvré ses forces, il reprit son envol, passa à travers le cœur même de la flamme, et, brûlé, tomba tout droit dans l'huile de la lampe. Il lui restait juste assez de vie pour comprendre la cause de son malheur, et pour lui dire : « Ô lumière maudite, moi qui croyais avoir trouvé en toi mon bonheur ! Je regrette amèrement la folie de mon désir, et j'ai appris à mes dépens ta nature destructrice et maligne. » Ce à quoi la lampe répondit : « J'agis ainsi avec ceux qui ne savent pas user de moi. » Et le papillon coula au fond de l'huile où sa vie s'acheva.

Histoire pour ceux qui, semblables à ce papillon, se précipitent sur les plaisirs lascifs et mondains dès qu'ils les aperçoivent, sans aucunement en considérer la nature, mais qui, après les avoir longtemps pratiqués, comprennent leur erreur dans la honte et dans la souffrance.

## *La pierre à feu et le briquet*

La pierre à feu, vivement frappée par le briquet, s'en étonna grandement et lui dit d'une voix dure : « Quelle présomption te donne le toupet de m'infliger cette souffrance ? Arrête de me faire du mal ! Tu m'as prise pour quelqu'un d'autre, car, quant à moi, je n'ai jamais fait de tort à personne. » Et le briquet répondit : « Si tu as la patience d'endurer le choc, tu verras quel fruit merveilleux va sortir de toi. » Apaisée par ces mots, la pierre supporta bravement le martyre, et se vit enfanter le feu merveilleux, dont le pouvoir s'exerçait dans d'innombrables domaines.

Histoire pour ceux qui s'effraient aux débuts de leurs études, mais qui, ensuite, s'imposent à eux-mêmes un effort prolongé, d'où résultent ensuite des choses d'un intérêt extraordinaire.

## *Le feu orgueilleux*

Un reste de feu s'était réfugié dans un petit morceau de charbon, sous la cendre tiède, et là se nourrissait chichement, en comptant chaque bouchée, du peu de matière qu'il y avait encore. Survint alors la cuisinière. Ayant besoin d'accomplir, comme à l'ordinaire, son office culinaire, elle posa un fagot de bois dans l'âtre et, avec une allumette, ressuscita d'abord une flammèche du feu déjà presque mort. Le bois ayant bientôt commencé à brûler, elle place la marmite au-dessus et s'en va sans se poser de question.

Se réjouissant du bon bois sec qu'on avait mis sur lui, le feu se mit alors à grandir, à pourchasser l'air dans les interstices entre les bûches, musardant et se glissant partout gaiement. Après quoi il commença à se pousser hors du fagot, comme on se pencherait plaisamment à la fenêtre, et, de là, il se mit à lancer ses flamboiements rutilants, dissipant les ténèbres épaisses de la cuisine. Et les flammes, devenues grandes, exultaient du bonheur de jouer avec l'air alentour, tandis que de leur doux murmure s'élevait une musique suave.

Voyant combien il s'était élevé plus haut que le fagot, et qu'il était maintenant devenu fort grand, le feu, jusque-là docile et tranquille, s'enfla d'un insupportable orgueil, au point de se persuader qu'il allait pouvoir attirer tout l'air ambiant jusqu'à cette pauvre brassée de bois. Il se mit alors à ronfler, à emplir tout le foyer de crépitements, d'éclats et d'étincelles, et à unir en une seule gerbe dressée vers les airs ses flammes les plus puissantes, les plus fières... qui vinrent heurter le cul de la marmite !

### *Miroir, miroir...*

Le miroir était tout fier d'accueillir en lui le reflet de la reine ; mais, une fois celle-ci partie, le miroir se trouva bien misérable.

### *Dur comme fer*

Le fer pesant se fait si fin sous l'action de la lime, qu'à la fin la moindre brise l'emporte.

### *Le piquet, l'arbre et le roncier*

L'arbre se plaint du vieux piquet desséché qu'on a placé à côté de lui, et du roncier qui l'entoure : pourtant l'un lui permet de se tenir bien droit, et l'autre le préserve des fâcheux.

### *Le châtaignier et le figuier*

Le châtaignier vit un jour un homme monté

dans le figuier et qui, courbant les branches vers lui, cueillait les fruits mûrs, puis les enfournait dans sa bouche, les broyant et détruisant de ses fortes mandibules. Alors le châtaignier, hochant sa tête branchue dans un bruissement tumultueux, commença à parler. Et voici ce qu'il dit : « Ô figuier, comme la nature a été avec toi moins généreuse qu'avec moi ! Vois comme elle a voulu que je protège mes chers enfants : d'abord ils sont vêtus d'une fine chemise, sur laquelle prend place une peau dure et bien épaisse, et, non contente de ce grand bienfait, elle leur a de surcroît construit une demeure fortifiée, par-dessus laquelle elle a dressé des épines denses et acérées, afin que la main de l'homme ne puisse pas me faire de mal. » Alors le figuier et ses enfants se mirent à rire franchement avant de répondre : « Sache que l'homme est malin. Il saura bien faire usage de perches, de pierres, de gaules, qu'il jettera dans tes branchages afin de te voler tes fruits. Et ceux-ci, une fois tombés au sol, se verront écrasés à coups de pieds et de cailloux, de telle sorte que, déchiquetés et mutilés, tes fruits seront chassés hors de leur forteresse. Tandis que moi, c'est délicatement que les mains me touchent, et non pas, comme il advient pour toi, avec force bâtons et cailloux. »

## *Le troène et le merle*

Comme les fines branches du troène ployaient sous le poids des fruits nouveaux, les merles se pressaient autour de lui, le becquetant et griffant cruellement. Le troène adressa alors ses suppliques et lamentations à l'un d'eux, et il lui demanda, puisqu'il le privait de ses fruits chéris, de ne pas lui ôter ses feuilles, qui le protégeaient des cuisants dards du soleil, et de ne pas écorcher ni arracher sa tendre peau avec ses serres acérées. Le merle répondit par de grossières remontrances : « Mais tais-toi donc, tas de ronces sauvages. Tu ne sais pas que la nature t'a fait produire les fruits que voici pour que je m'en nourrisse ? Tu ne vois pas que tu n'existes que pour me procurer cette nourriture ? Gueux que tu es, ne sais-tu pas que, dès l'hiver prochain, tu serviras à alimenter et à entretenir le feu ? » Et l'arbuste écouta tout cela en pleurant. Quelques jours plus tard, le merle se trouva pris dans un filet. Pour fabriquer la cage d'osier où on allait l'enfermer, on se servit, entre autres, des fines branches du troène. Et le troène, tout réjoui que ses branches devinssent cause de la captivité du merle, parla, et voici ce qu'il dit : « Ô merle, c'est moi ! Contrairement à ce que tu disais, le feu ne m'a pas encore brûlé ! Et je te vois réduit en esclavage, avant que toi tu ne m'aies vu réduit en cendres. »

### *Le cèdre*

Le cèdre conçut le désir de produire un grand et beau fruit pour orner sa plus haute pointe. De toutes les forces de sa sève, il mit ce désir à exécution. Mais le fruit, quand il eut grandi, fit ployer la cime naguère haute et droite.

### *Le pêcher*

Le pêcher éprouvait de l'envie à la vue des quantités de fruits que produisait son voisin le noyer, et il décida d'en faire autant. Alors il se chargea de tant de pêches que leur poids l'entraîna au sol, et qu'il en fut déraciné et brisé.

## *Le noyer*

Un noyer, au bord d'une route, montrait à tous les passants l'abondance de ses fruits ; et tout le monde le lapidait.

## *Le figuier*

Comme le figuier n'avait pas de fruits, personne ne prêtait attention à lui. Il fit des fruits car il voulait s'attirer les louanges des hommes. Et par eux il fut tordu et cassé.

## *Le figuier et l'orme*

Le figuier poussait près de l'orme. Or voyant que les branches de l'orme n'avaient pas de fruits, et qu'il osait pourtant priver de lumière ses figues encore vertes, le figuier lui adressa ces remontrances : « Eh, l'orme ! Tu n'as pas honte de rester devant moi ? Attends un peu que mes enfants atteignent leur maturité, et tu vas voir ce qui t'arrivera. » Ses enfants, en effet, mûrirent, mais une escouade de soldats survint, qui, pour prendre les fruits, déchirèrent, arrachèrent et cassèrent ses branches. Alors l'orme, le voyant mutilé et si mal en point, s'adressa à lui en ces termes : « Ô figuier, il aurait mieux valu ne pas faire d'enfants, plutôt que d'être réduit à cause d'eux à un état si misérable. »

### *Le laurier, le myrte et le poirier*

Un jour, le laurier et le myrte virent qu'on abattait le poirier. Alors ils crièrent à tue-tête : « Eh, poirier, où vas-tu donc ? Où donc est passée la superbe que tu affichais du temps de tes fruits mûrs ? Tes denses frondaisons ne nous feront désormais plus d'ombre. » Ce à quoi le poirier répondit : « Quant à moi, je m'en vais jusqu'à la maison de celui qui me coupe. De là, il me conduira jusqu'à l'atelier d'un grand sculpteur, dont le talent me donnera la forme de Zeus. Je serai ensuite dédié au temple, où les hommes m'adoreront en lieu et place de leur dieu. Quant à vous, attendez-vous à ce que les hommes vous estropient et arrachent vos branches qu'ils placeront autour de moi pour m'honorer. »

### *L'aubépine*

Ne s'estimant pas assez contente dans sa

haie, l'aubépine entreprit de traverser la route au bord de laquelle elle poussait pour s'unir à la haie d'en face. Il s'ensuivit que les passants la brisèrent.

## *Le saule*

Le saule, dont les pousses dépassent en longueur celles de n'importe quel autre arbre, avait choisi pour compagne la vigne. Comme on la taille chaque année, lui aussi fut mutilé sans relâche.

## *Le cèdre*

Le cèdre, orgueilleux de sa beauté, se mit à mépriser les arbres qui l'entouraient et les fit ôter de sa vue. Alors le vent que plus rien n'arrêtait le jeta à terre, déraciné.

## *La noix*

La noix avait été enlevée par une corneille jusqu'au sommet d'un clocher. Là, tombant dans une fissure qui s'ouvrait dans un mur, elle échappa au bec mortel de l'oiseau. Elle pria alors le mur, au nom de la grâce que Dieu lui avait accordée en le faisant haut et grand, et doté de cloches si belles et au son si splendide, de bien vouloir lui venir en aide. Puisqu'elle n'avait pas eu la chance de tomber dans la terre bien grasse et d'y être couverte par les feuilles tombant des vertes ramures de son vieux père, la noix lui demanda de ne pas l'abandonner et de permettre qu'elle finît ses jours dans ce petit trou, ainsi qu'elle s'était promis de faire, quand elle était dans le bec cruel de la corneille, au cas où elle en réchapperait. En entendant ces mots, le mur fut pris de compassion et voulut bien lui donner refuge là où elle était tombée. Quelque temps plus tard, la noix se mit à s'ouvrir, enfonçant ses racines entre les pierres, les écartant les unes des autres, et tendant ses branches hors de la caverne. Bientôt les branches se dressèrent plus haut que l'édifice et les racines, désormais grosses et noueuses, commencèrent à ouvrir des brèches et à chasser les pierres de leur emplacement. Alors le mur pleura sur la cause de son malheur, mais trop tard et en vain. Bientôt largement ouvert, il s'effondra en mille endroits de son corps.

## *Le rat et la belette*

Le rat se trouvait assiégé dans sa tanière par une belette. Par un petit orifice, il épiait la terrible bête qui, de son côté, guettait sans relâche le moment de tuer sa proie. Sur ces entrefaites, une chatte arriva, qui aussitôt attrapa la belette et sans retard la dévora. Le rat, qui avait offert nombre de ses noix en sacrifice à Zeus, le remercia grandement d'avoir entendu ses prières. Puis il sortit de son trou pour recouvrer sa liberté perdue : ce fut pour la perdre aussitôt, en même temps que la vie, entre les griffes et les crocs féroces de la chatte.

## *Le singe et l'oisillon*

Le singe, un jour, trouva un nid de petits oiseaux. Tout content, il s'en approcha mais, comme ils savaient déjà voler, il ne put s'emparer que du plus jeune. Au comble de la joie, il regagna sa cachette, où il se mit à observer et à embrasser l'oisillon, avec un amour si grand qu'à la fin, à force de baisers et d'étreintes, il lui ôta la vie.

Histoire pour ceux qui, parce qu'ils ne châtient pas les enfants, causent leur propre malheur.

### *Le saule, la pie et les graines de courge*

Il se trouva un pauvre saule qui ne pouvait pas jouir du plaisir de voir ses fines branches grandir jusqu'à leur longueur idéale et se dresser vers le ciel, car on ne cessait de le mutiler, de l'abîmer, de l'ébrancher, pour lier les pieds de la vigne et d'autres plantes qui poussaient à côté de lui. Aussi, ayant rassemblé les forces de son esprit, il ouvrit toutes grandes les portes à l'imagination, méditant longuement sur le monde des plantes, afin d'y découvrir celles qui seraient pour lui de bonne compagnie, c'est-à-dire celles qui n'ont pas besoin qu'on les lie de ses branches.

Après un certain temps de cette réflexion fructueuse, il pensa soudain à la courge, et se mit à agiter ses branches tant sa joie était grande d'avoir trouvé compagnie répondant si bien à son projet – la courge, en effet, est plus encline à attacher les autres qu'à être par les autres attachée. Sa décision prise, il tendit ses branches vers le ciel, décidé à attendre la venue de quelque oiseau amical, prêt à servir d'intermédiaire à son désir.

Voyant la pie non loin de là, il se tourna vers elle et lui dit : « Ô noble oiseau, toi qui ces jours derniers trouvas refuge dans mes branchages quand le faucon rapace, affamé et cruel, voulait te dévorer ; au nom des heures de repos dont souvent tu as joui, posée sur moi, quand tes ailes en avaient besoin ; au nom, enfin, des plaisirs que tu as goûtés quand tu jouais dans mes frondaisons avec les compagnons de tes amours, je te prie d'aller voir la courge de ma part et de lui demander quelques-unes de ses graines. Dis-lui bien que, lorsqu'elles auront germé, je les traiterai exactement comme si elles étaient nées de mon propre corps. Fais usage de tous les mots capables de la persuader, ce que tu sauras faire mieux que quiconque, ô toi souveraine des langages. Si tu veux bien faire cela pour moi, j'accueillerai volontiers ton nid et toute ta famille, là où mes branches sont les plus grosses, sans te faire payer de loyer. »

D'abord la pie établit quelques clauses du contrat avec le saule, dont une, notamment, prévoyait qu'il n'acceptât jamais sur lui ni couleuvres ni fouines. Puis elle leva la queue, baissa la tête, se jeta du haut de la branche, étendit ses ailes et se mit à battre l'air, dirigeant sa quête, de çà, de là, grâce au gouvernail de sa queue.

Elle arriva bientôt près d'une courge, qu'elle salua joliment, et à laquelle elle demanda par de beaux discours les graines désirées. Les ayant obtenues, elle les apporta au saule, qui la reçut la mine joyeuse. Puis, de ses pattes et de son bec, elle gratta le sol autour de l'arbre et y planta les graines.

Celles-ci ne mirent que peu de temps à germer, puis à grandir, puis à étendre leurs pousses jusqu'à occuper toutes les branches du saule qui, dès lors, se trouva privé de la beauté du soleil et du ciel par de larges feuilles. Et comme si ce malheur ne suffisait pas, les courges apparurent et devinrent si affreusement lourdes qu'elles faisaient ployer les cimes des tendres branches vers la terre, provoquant souffrances et tourments pervers. Le saule tenta de s'ébrouer pour faire tomber les courges, et persista dans cet effort plusieurs jours durant, mais en pure perte : la prise des pousses de courge était bonne et solide. Si bien que, voyant passer le vent, il s'en remit à lui. Le vent souffla très fort, et le vieux tronc creux se fendit du faîte jusqu'aux racines. Brisé au sol en deux morceaux, le saule pleura en vain sur son triste sort, comprenant que certains êtres ne sont nés que pour le malheur.

### *La fourmi et la graine de millet*

La fourmi trouva une graine de millet qui, se sentant prise au piège, s'écria : « Si tu me fais la grâce de me laisser assouvir mon désir de naître, je te rendrai cent moi-même en retour. » Ce qui fut fait.

### *L'araignée et la grappe de raisin*

L'araignée avisa une grappe de raisin bien sucré, que fréquentait une foule d'abeilles et de mouches en tous genres, et elle estima avoir trouvé là un endroit propice à ses ruses. Elle se laissa glisser le long de son mince filin, pénétra dans sa nouvelle demeure, et là, chaque jour, jaillissant des interstices entre les grains de raisin, elle attaquait lâchement les pauvres bêtes sans méfiance. Mais quelques jours plus tard, le vendangeur vint, cueillit cette grappe parmi d'autres, et l'araignée avec, qui finit dans le pressoir. C'est ainsi que le raisin fut le piège qui, après avoir trompé les mouches, trompa l'araignée trompeuse.

### *L'âne trompé*

L'âne s'était endormi sur la surface gelée d'un lac profond. Sa chaleur fit fondre la glace et l'âne, à son grand dam, se réveilla sous l'eau où il mourut noyé.

### *Le faucon*

Le faucon ne pouvait souffrir que le canard se cachât en plongeant sous l'eau et qu'ainsi il lui échappât : il voulut suivre sa proie. Mais il se mouilla les plumes, resta prisonnier de l'eau et s'y noya, tandis que le canard volait de nouveau dans les airs en se moquant de lui.

### *L'araignée et le frelon*

Croyant attraper une mouche dans ses filets trompeurs, une araignée y rencontra un frelon qui lui infligea une mort cruelle.

## *L'aigle et le hibou*

L'aigle qui se moquait du hibou empêtra ses ailes dans de la glu, fut pris par l'homme et mis à mort.

## *Les grives et la chouette*

Les grives furent bien contentes de voir que l'homme avait capturé la chouette, la privant de sa liberté en attachant de solides liens à ses pattes. Mais, s'étant approchées pour mieux voir, elles restèrent à leur tour empêtrées dans la glu, de sorte que la chouette fut cause que les grives perdirent non pas la liberté, mais la vie.

Histoire pour les régions qui se réjouissent de voir leurs maîtres perdre leur liberté, à la suite de quoi elles perdent tout secours et restent à la merci de la puissance de leurs ennemis, perdant bien souvent la liberté et la vie.

## *La puce*

Le chien dormait sur une peau de mouton. Une puce qui était sur lui, sentant l'odeur de la laine grasse, jugea que ce devait être un endroit où il ferait bien meilleur vivre, à l'abri des crocs et des griffes, et où l'on mangerait mieux. Sans plus y réfléchir, elle quitta le chien et s'engagea dans l'épaisseur de la laine. Mais, tout en cherchant à atteindre la racine des poils, elle rencontra les pires difficultés du monde. Quand elle eut sué sang et eau, la puce dut convenir que son entreprise était vaine : les brins étaient tellement serrés qu'ils se touchaient presque, de sorte qu'il n'y avait pas la moindre parcelle de peau que la puce pût goûter. Rebroussant chemin, au prix de mille peines et souffrances, elle voulut retourner sur le chien ; mais celui-ci était parti. Et la puce, pleine de regrets et pleurant amèrement, dut se résoudre à mourir de faim.

### *Le rasoir*

Un beau jour le rasoir, s'extrayant de son propre manche qui lui servait de fourreau, se plaça au soleil et vit que l'astre se reflétait sur son corps. Il en conçut une fierté immense et, se penchant sur son passé, il se mit à penser : « Et maintenant, me faudra-t-il regagner l'échoppe d'où je viens de sortir ? Sûrement pas ! Plaise aux dieux d'empêcher qu'une beauté aussi splendide que la mienne s'abaisse à ce point ! Ne serait-ce pas pure folie de continuer à raser encore les barbes savonnées de tous ces gueux sans manières, en exécutant plus avant ces gestes mécaniques ? Le corps que voici est-il fait pour de semblables exercices ? Bien sûr que non ! Je vais donc aller me cacher dans quelque lieu secret et, dans une douce quiétude, j'y passerai ma vie. »

Après être resté caché plusieurs mois, le rasoir revint un jour à l'air libre et, sortant de son fourreau, s'aperçut qu'il avait pris l'apparence d'une scie rouillée, et que sa surface ne reflétait plus la splendeur solaire. Pris de remords, c'est en vain qu'il pleura l'irréparable outrage ! Il se disait : « Comme j'aurais mieux fait de continuer à exercer, chez le barbier, ce tranchant si fin que j'ai perdu ! Où est le lustre de ma peau ? Hélas, la rouille méchante et laide l'a gâté. »

Voilà exactement ce qui arrive aux intelligences qui, au lieu de prendre toujours de l'exercice, s'adonnent à l'oisiveté : comme le rasoir de cette histoire, elles perdent leur finesse incisive, tandis que la rouille de l'ignorance abîme leur forme.

## *La pierre*

Depuis peu, les pluies avaient fait affleurer une pierre de grande taille à la surface du sol. Elle se trouvait sur une hauteur, parmi des touffes d'herbe et des fleurs de toutes sortes et de toutes couleurs, près d'un bosquet surplombant une route caillouteuse. Voyant la quantité immense de pierres en contrebas, l'envie lui vint de se laisser tomber vers elles, et elle se dit : « Qu'est-ce que je fais avec cette herbe ? J'ai envie d'habiter avec mes sœurs. » Sitôt dit, sitôt fait. Elle se laisse tomber, et finit sa course parmi ses chères semblables. Mais bientôt, les roues des chariots, les sabots ferrés des chevaux et les pieds des voyageurs commencent à lui faire endurer une souffrance incessante : tantôt on la retourne, tantôt on la piétine, tantôt on lui ôte un éclat, tantôt elle se couvre de boue ou de la fiente de quelque animal. Et c'est en vain qu'elle se tourne vers l'endroit qu'elle a quitté, en vain qu'elle soupire après ce lieu où elle goûtait une paix solitaire.

Et c'est aussi ce qui arrive à ceux qui décident de quitter une vie retirée et contemplative pour venir habiter en ville, parmi des peuples accablés de maux infinis.

## *L'huître, le rat et la chatte*

Une huître avait été transportée, en même temps qu'un chargement de poissons, jusque dans la maison du pêcheur, située non loin de la mer. Elle prie alors le rat de l'y ramener. Celui-ci, ayant conçu le dessein de la manger, la fait s'ouvrir et la mord. L'huître se referme, serrant la tête du rat et l'immobilisant. Arrive la chatte qui le tue.

## *La mort du crabe*

Le crabe s'était caché sous une pierre pour attraper les poissons qui passaient par-là. Mais quand les eaux montèrent, les cailloux furent violemment emportés et, roulant sur le crabe, ils le brisèrent en éclats.

## *Le paysan et la vigne*

Ayant compris le profit qu'il pouvait tirer de la vigne, le paysan lui offrit de nombreux soutiens, afin de l'aider à s'élever ; mais après avoir pris son fruit, il enleva les perches et les utilisa pour faire son feu, laissant la vigne retomber.

### *La vigne, l'arbre et la mort*

La vigne avait poussé sur un vieil arbre. Quand celui-ci s'effondra, elle tomba elle aussi : d'avoir mal choisi son compagnon, elle périt avec lui.

### *Le filet et les poissons*

Le filet avait coutume d'attraper des poissons, mais il fut un jour saisi et emporté par la fureur des poissons.

### *La plume et le canif*

Pour la plume, la compagnie du canif est nécessaire et même utile, car sans lui elle ne vaut pas grand-chose.

### *Le jeu des pantalons*

Au cours d'une discussion, comme un homme se vantait de connaître des tours très beaux et en grand nombre, un autre dit : « Et moi, je connais un tour qui me permet d'amener n'importe qui à ôter les pantalons qu'il a sur lui. » Or celui qui s'était vanté n'avait pas de pantalons mais des chausses : « Eh non, dit-il, moi, tu ne me les feras pas ôter ! Je parie ma paire de chausses. » L'autre accepta le défi. Il se fit prêter plusieurs paires de pantalons, et il en couvrit la tête du fanfaron qui avait voulu parier ses chausses. Et c'est ainsi qu'il emporta la mise.

### *Le vieillard et le jeune homme*

Comme un vieillard le traitait avec mépris en public et donnait imprudemment à voir qu'il n'avait pas peur de lui, le jeune homme lui répondit que son âge avancé lui faisait un bouclier bien plus sûr que sa langue ou que sa force.

### *L'artisan et le seigneur*

Un artisan venait souvent rendre visite à un seigneur, mais sans jamais rien prétendre. Au seigneur qui lui demandait ce qu'il faisait, l'artisan répondit qu'il venait s'offrir des plaisirs que, pour sa part, le seigneur ne pouvait connaître : car tandis que lui-même pouvait aisément voir des hommes plus puissants que lui, le seigneur ne pouvait en voir que de moindre puissance ; ce qui le privait, lui et tous les seigneurs, de ce plaisir-ci.

### *Deux voyageurs dans la nuit*

Deux hommes marchaient, la nuit, le long d'une route incertaine, quand celui qui était en tête fit grand bruit par son cul. Alors le deuxième lui dit : « Maintenant, je sais que tu m'aimes. – Comment cela ? dit l'autre. – Parce que pour m'éviter de tomber ou de me perdre, tu me montres comment marcher en pets. »

### *Les yeux de couleur bizarre*

Un homme dit à quelqu'un qu'il connaissait : « Tes yeux ont changé ; ils ont pris une couleur bizarre. – Ça m'arrive souvent, répondit-il. – Et tu ne fais rien pour y porter remède ? Quand cela t'arrive-t-il ? » Et l'autre de rétorquer : « Chaque fois que mes yeux voient ton visage – qui ne me revient pas –, la violence d'un si grand déplaisir les fait pâlir et ils prennent cette couleur bizarre. »

## *Le pays des choses les plus bizarres*

Un homme racontait que, dans son pays, on voyait naître les choses les plus bizarres. Un autre lui répondit : « Toi qui y es né, tu prouves que c'est vrai par la bizarrerie déplaisante de ta figure. »

## *L'ami et le médisant*

Un homme décida de cesser de fréquenter un de ses proches qui lui parlait souvent en mal de ses amis. Ils se croisèrent quelques temps plus tard, et l'ami abandonné dit à l'autre combien il était triste, le priant de lui donner la raison qui lui avait fait oublier une si grande amitié. Voici la réponse qu'il obtint : « Si je ne veux plus te voir, c'est que je t'aime et que je ne veux pas qu'en disant aux autres du mal de moi, ton ami, tu donnes de toi la piètre image de quelqu'un qui médit de moi, ton ami. Si nous cessons de nous voir, on croira que nous sommes brouillés, et lorsque tu diras du mal de moi, comme c'est ton habitude, personne ne pourra te blâmer autant que si nous nous fréquentions encore. »

### *La lavandière et le prêtre*

Une femme en train de laver du linge avait les pieds tout rouges à cause du froid. Un prêtre qui passait non loin d'elle lui demanda avec étonnement ce qui lui causait une telle rougeur. La femme répondit que c'était l'effet du feu qu'elle avait là-dessous. Alors le prêtre prit en main le membre qui avait fait de lui un prêtre plutôt qu'une nonne et, s'approchant de la femme, il la pria d'une voix douce et caressante d'avoir la gentillesse d'y allumer ce cierge.

### *Le prêtre et le peintre*

Le samedi saint, un prêtre parcourait sa paroisse pour bénir les maisons, ainsi que le veut l'usage. Entrant dans l'atelier d'un peintre, il aspergea d'un peu d'eau bénite quelques-unes de ses toiles. Plutôt fâché, le peintre se retourna et lui demanda pourquoi il avait fait cela. Le prêtre lui expliqua que telle était la coutume, qu'il était de son devoir d'agir ainsi, qu'il faisait le bien, et que celui qui fait le bien doit attendre en retour du bien, et davantage car c'est ce que Dieu avait promis – que pour tout bien accompli sur la terre on recevrait du ciel le centuple. Le peintre attendit alors que le prêtre sorte de chez lui et, de la fenêtre du haut, il lui versa un grand seau d'eau sur la tête, en disant : « Comme tu l'as dit, tu reçois du ciel le centuple du bien que tu as fait à mes tableaux quand tu en as abîmé la moitié avec ton eau bénite. »

### *Un frère et le marchand*

Les frères des ordres mineurs ont coutume, à certaines périodes de l'année, de respecter un jeûne qui leur interdit de manger de la viande à l'intérieur de leur couvent. Mais quand ils sont en voyage, comme il leur faut vivre d'aumônes, ils ont le droit de manger ce qu'on leur présente. Or un jour, deux frères mineurs en voyage firent halte dans une auberge, où ils se retrouvèrent à la même table qu'un marchand. L'auberge n'était pas riche : pour tout repas, on apporta à la table des trois convives un poulet rôti. Voyant que cela suffirait à peine pour lui seul, le marchand se tourna alors vers les frères et leur dit : « Si je me souviens bien, nous sommes dans la période où vous ne mangez aucune sorte de viande dans vos couvents ? » Ce à quoi les frères furent bien obligés, en vertu de leur règle, de répondre sans finasser que telle était bien la vérité. Ayant eu la réponse qu'il souhaitait, le marchand croqua le poulet, tandis que les frères faisaient contre mauvaise fortune bon cœur.

Après le dîner, les trois commensaux reprirent la route ensemble. Au bout de quelques heures de voyage, ils rencontrèrent une rivière assez large et profonde. Comme ils voyageaient à pieds – les deux frères par pauvreté, l'autre par avarice – il fallut qu'un des frères se mît pieds nus et prît le marchand sur ses épaules pour le faire traverser. Ce qu'il fit, confiant ses sabots au marchand et le chargeant sur son dos.

Mais voilà qu'au milieu du guet le frère se souvient tout soudain de sa règle. Il s'arrête, comme saint Christophe portant l'enfant Jésus, lève la tête vers l'homme dont il supportait le poids, et lui demande : « Dis-moi un peu, est-ce que tu as des sous sur toi ? – Tu sais bien que oui, répond l'autre, comment crois-tu que nous puissions faire autrement, nous autres marchands ? – Malheur ! s'écrie le frère, notre règle nous interdit d'avoir de l'argent sur nous. » Et il jette aussitôt le marchand dans l'eau. À demi rouge de honte, celui-ci comprit que c'était la réponse facétieuse au mauvais tour que lui-même leur avait joué. Si bien qu'il endura calmement la vengeance, et accepta même d'en rire de bon cœur.

## *Le disciple de Pythagore*

Se réclamant de l'autorité de Pythagore, un homme essayait de prouver qu'il avait déjà été au monde avant cette vie-ci. Comme l'un des présents l'empêchait de terminer sa démonstration, il lui dit : « Et comme preuve que j'ai déjà vécu autrefois, je me souviens que toi, tu étais meunier. » Piqué au vif par ces mots, l'autre confirma que cela était vrai, et ajouta : « La preuve, c'est que je me souviens que toi, tu étais l'âne qui portait mes sacs de farine. »

## *Le peintre qui avait de vilains enfants*

On demanda à un peintre pourquoi, alors qu'il dessinait de si belles figures, qui pourtant étaient des formes mortes, il avait fait des enfants si laids. Le peintre répondit qu'il avait peint les tableaux de jour, tandis que c'est de nuit qu'il avait fait les enfants.

## *Le voyageur et l'octroi*

Un homme qui se rendait à Modane apprit qu'il devait payer cinq sous d'octroi pour pouvoir entrer dans la ville. Il se mit alors à clamer à grand bruit son étonnement, attirant autour de lui de nombreux badauds, qui lui demandèrent la cause de sa stupeur. Le bonhomme répondit : « Comment ne pas s'étonner qu'ici un homme entier ne paie que cinq sous ? À Florence, rien que pour faire entrer ma queue, j'ai dû payer dix ducats d'or, tandis que chez vous je mets la queue, les couilles et tout le reste pour une taxe si modeste ! Que Dieu prête longue vie à cette ville et à ceux qui la gouvernent ! »

## *Le malade et la bonne dame*

Un malade se trouvait à l'article de la mort quand il entendit qu'on toquait à la porte. Il demanda à un domestique qui voulait entrer chez lui, et il lui fut répondu que c'était une femme qu'on appelait la Bonne Dame. Alors le malade leva les bras au ciel, remercia Dieu à haute voix et demanda à ses serviteurs de la laisser venir à lui au plus vite, afin qu'il pût voir avant de mourir à quoi ressemblait une femme bonne car, de toute sa vie, il n'en avait jamais vue aucune.

## *Le voleur et le mercier*

Un voleur, sachant qu'un homme de sa connaissance, mercier de son état, possédait une caisse où il gardait une forte somme d'argent, conçut le projet de la lui dérober. Il pénétra dans la boutique en pleine nuit, et il avait commencé à exécuter son plan quand le propriétaire des lieux arriva. Épouvanté, celui-ci constata que le grand verrou qui barrait la porte était tiré, et qu'une lumière filtrait de chez lui. Il glissa alors un œil par une fente et vit le voleur. Aussitôt, il referma le verrou sur lui, puis il courut alerter la milice communale. Le voleur comprit qu'il était prisonnier dans la boutique et, pour échapper au grand danger qu'il courait, il eut l'idée soudaine d'un stratagème : il prit deux chandeliers appartenant au mercier et les alluma, puis il sortit un jeu de cartes, en jeta par terre une moitié, qui composait un jeu médiocre, garda en main l'autre moitié, qui formait un bon jeu, et, dans cette attitude, il se mit à attendre la milice. Et voici qu'elle arriva, capitaine à cheval en tête. Dès qu'il entend qu'on ouvre le verrou, notre homme se met à crier de l'intérieur de la boutique : « Sur la foi de Dieu, tu m'as enfermé ici pour ne pas me payer les sous que j'ai gagnés contre toi au jeu. Mais je jure que tu paieras ta dette. Quand on ne veut pas perdre, il ne faut pas jouer. D'abord tu m'obliges, pour ainsi dire, à jouer avec toi, et quand tu te mets à perdre tu te sauves avec tes sous et les miens, et tu verrouilles la porte sur moi pour m'empêcher de te rattraper. » Et, tout en parlant, il tend la main vers la bourse qui pendait à la ceinture du mercier comme pour la lui arracher. Le capitaine fut d'avis qu'on l'avait berné, et obligea le mercier à payer à l'autre la somme d'argent qu'il disait avoir gagnée.

### *Le pauvre et le seigneur*

Un homme pauvre se présenta à la porte d'un grand seigneur et demanda à celui qui gardait l'entrée d'annoncer à son maître que son frère était là, et qu'il avait grand besoin de lui parler. On transmit le message au seigneur, qui ordonna qu'on laissât entrer ce frère. Une fois en présence du maître des lieux, le pauvre homme exposa que, puisque tous les hommes descendent d'Adam, le seigneur et lui-même étaient frères, mais que les biens étaient mal partagés. Il le priait donc de le sortir de sa grande misère, car les aumônes lui laissaient à peine de quoi vivre. Le seigneur répondit que la requête était parfaitement légitime. Il fit appeler son trésorier, et fit donner au pauvre un sou. Le pauvre en resta stupéfait, affirmant qu'il trouvait ce don indigne d'un véritable frère. Mais le seigneur lui dit qu'il avait un très grand nombre d'autres frères du même genre et que, s'il donnait autant à chacun, il ne resterait plus rien pour lui : ce sou suffisait donc largement à la répartition de ses biens. C'est ainsi qu'à bon droit il l'écarta de son héritage.

## *La lance et le bouclier*

Un homme voit une femme prête à la joute. Il regarde le bouclier de la femme, puis regarde sa propre lance et s'écrie : « Hélas ! l'ouvrier est bien petit pour un si vaste atelier ! »

## *Le gros dormeur*

Comme on lui disait qu'il était temps qu'il sortît du lit, car le soleil était levé, un homme répondit : « Si je devais accomplir un aussi long voyage et m'occuper d'autant d'affaires que lui, je serais déjà levé. Mais j'ai si peu de chemin à parcourir que je peux bien rester encore au lit. »

# DEVINETTES

Heureux seront ceux qui prêteront l'oreille aux paroles des morts.

*Lire les bons livres et suivre leurs préceptes.*

Les hommes dresseront leurs plumes vers le ciel ainsi que font les oiseaux.

*Lorsqu'ils écrivent à la plume.*

Les œuvres des hommes seront cause de leur mort.

*Les épées et les lances.*

Les hommes feront la chose qu'ils redoutent le plus.

*Vivre misérablement de peur de devenir misérable.*

Les hommes sortiront des tombes transformés en volatiles, il attaqueront les autres hommes et viendront prendre leur nourriture sur leurs tables et jusque dans leurs mains.

*Les mouches.*

Beaucoup périront la tête fracassée et les yeux arrachés, à cause de bêtes épouvantables sorties des ténèbres.

*Les chouettes et les hiboux utilisés pour la chasse aux oiseaux*

On verra le sang sortir des chairs déchirées et tracer des sillons à la surface du corps des hommes.

Il viendra aux humains une maladie si cruelle qu'ils déchireront leur chairs de leurs propres ongles.

*La gale.*

On verra les arbres perdre leurs feuilles et le cours des fleuves s'arrêter.

*L'hiver*

Lorsque viendra l'été, toutes les choses qui pendant l'hiver étaient restées dissimulées, enfouies sous la neige, apparaîtront à découvert.

*À propos du mensonge, qui ne reste jamais caché.*

Les eaux de la mer s'élèveront vers les cieux plus haut que les hautes cimes des montagnes, et elles retomberont sur les habitations des hommes.

*Les nuages.*

Les hommes jetteront leurs propres victuailles.

*En semant.*

L'espèce humaine en arrivera à un point tel que l'un ne comprendra plus ce que dit l'autre.

*Un Allemand et un Turc.*

On verra la race des lions ouvrir la terre de ses pattes griffues et, dans les cavernes qu'elle aura creusées, s'ensevelir elle-même avec les autres animaux qui lui sont soumis.

De la terre sortiront des animaux vêtus de ténèbres, et ils lanceront leurs formidables assauts contre l'espèce humaine, et ils la mordront cruellement, ils répandront son sang et ils la dévoreront.

Et encore : l'air sera traversé par les assauts qu'une funeste gent volatile lancera contre les hommes et les animaux. Venant à grand bruit se repaître, ces êtres rempliront leur ventre de sang vermeil.

*Les moustiques*

On verra les pères offrir leurs propres filles à la luxure, récompenser les hommes qui les prendront et les laisser désormais sans aucune surveillance.

*Lorsqu'on marie les jeunes filles.*

Nombreux seront ceux qui écorcheront leur mère et retourneront sa peau sur elle.

*Les travailleurs de la terre.*

Les hommes frapperont violemment celui auquel ils devront la vie.

*Ils battront le blé.*

On verra la terre sens dessus dessous se retourner vers l'hémisphère opposé, et découvrir les antres d'animaux très féroces.

*Les terres labourées.*

On verra alors les hommes encore vivants

jeter hors de chez eux les victuailles dont ils avaient fait provision, et les laisser en pâture aux oiseaux et aux animaux terrestres, sans plus s'en soucier le moins du monde.

*Les semailles.*

Du haut des cieux descendra l'être qui entraînera la terre qui s'étend sous le ciel d'Afrique vers l'Europe et qui poussera la terre d'Europe vers l'Afrique, et ces terres alors se mêleront l'une à l'autre dans un immense bouleversement.

*Les pluies qui font que les fleuves charrient la terre.*

Et de nombreux animaux terrestres et aquatiques monteront dans les cieux.

*Les constellations.*

On verra les plus grands arbres des forêts emportés par la fureur des vents de l'orient jusqu'à l'occident.

*Par la mer.*

Les choses désunies s'uniront et acquerront

la faculté de rendre aux hommes leur mémoire perdue.

*Les papyrus, qui sont faits de brins séparés, et conservent la mémoire des actions et des choses humaines.*

Les bœufs défendront de leurs cornes le feu contre sa mort.

*La lanterne.*

Les forêts engendreront des enfants qui causeront leur mort.

*Le manche de la cognée.*

Les peaux de bêtes arracheront aux hommes de grands cris et grands jurons.

*Les balles à jouer.*

On verra la Fortune faire bouger vivement les os des morts.

*Les dés.*

Souvent la désunion sera cause de grande union.

*Le peigne, qu'on fabrique en défaisant le jonc, unit les fils qui forme la toile.*

Le vent qui traverse la peau des bêtes fera sauter les hommes.

*La cornemuse, qui fait danser.*

Ceux qui auront le mieux agi seront battus plus que les autres, et on prendra leurs enfants, que l'on écorchera avant d'en fracasser et broyer les os.

*Les noyers gaulés.*

Plus on parlera avec la peau, habit du sentiment, et plus on gagnera en sagesse.

*Les peaux d'animaux sur lesquelles on écrit.*

Et l'on verra alors les tabernacles, qui recèlent le Corps de Notre Seigneur, se déplacer par eux-mêmes aux yeux de tous et aller par les chemins du monde.

*Les prêtres qui ont avalé l'hostie.*

Les arbres et les arbustes des grandes forêts se changeront en cendres.

*Le bois de chauffage.*

Et à la fin, la terre deviendra rouge d'avoir brûlé pendant des jours et des jours, et les pierres se changeront en cendres.
*Les fours à briques et à chaux.*

Et ceux qui mangent l'herbe changeront la nuit en jour.
*Le suif des chandelles.*

On verra les morts transporter les vivants dans toutes les directions.
*Les chariots et les navires.*

Et à bon nombre d'entre eux on ôtera le pain de la bouche. Et à ceux qui seront nourris par la main d'autrui, on ôtera le pain de la bouche.
*Le four.*

Pris de passion pour les choses les plus belles, ils chercheront à en toucher et posséder les parties les plus laides ; puis ayant repris leurs esprits, ils s'en repentiront douloureusement, grandement étonnés de leur propre conduite.
*La luxure.*

Ils emploieront leurs efforts les plus acharnés à poursuivre et à atteindre la chose qu'ils auront toujours le plus redoutée.

*Les avares*

Et ceux qu'on estime être les plus sages et les plus expérimentés se mettront à chercher et à conserver les choses avec d'autant plus d'avidité qu'ils en auront moins besoin.

*À propos des hommes qui deviennent de plus en plus avares à mesure qu'ils vieillissent, alors qu'ils devraient devenir généreux puisqu'il leur reste peu de temps à vivre.*

En grand nombre ils s'attelleront à la tâche d'en enlever, et plus ils en enlèveront et plus cela s'agrandira, car cela diminue à mesure qu'on en rajoute.

*La fosse (à dire comme en état de frénésie ou de délire causé par un dérangement du cerveau).*

Je vois de nouveau que l'on vend et que l'on crucifie le Christ, et que l'on martyrise les saints.

*De la vente de crucifix.*

Les hommes en arriveront à un tel degré de misère qu'ils accepteront que d'autres tirent force et profit de leurs maux, et de la perte de leur véritable richesse.

*Les médecins qui vivent grâce aux malades.*

Ceux qui sont morts, mille ans ayant passé, pourvoiront aux dépenses de nombreux vivants.

*De la religion de ces frères qui vivent grâce aux saints qu'ils honorent, morts depuis fort longtemps.*

Après avoir été détruits par le feu, ils ôteront leur liberté aux hommes.

*Les cailloux transformés en chaux, utilisée pour faire les murs des prisons*

Des François, des Dominique et des Bénédicte en grand nombre mangeront ce qui aura d'abord été mangé par d'autres, et bien des mois passeront avant qu'ils puissent parler.

*Des enfants au sein.*

Ils seront si nombreux qu'on ne pourra les compter, ceux qui, après leur mort, pourriront dans leur propre maison, emplissant tout l'air environnant d'une puanteur fétide.

*Les mollusques et coquillages qui sont rejetés par la mer et pourrissent dans leur coquille.*

Ils se jetteront l'un vers l'autre, tenant en main leur lame tranchante. Mais ils ne se feront pas d'autre mal que la fatigue car, dès que l'un s'élancera en avant, l'autre reculera d'autant. Mais gare à qui s'interposera entre eux, car à la fin, il sera coupé en morceaux.

*Les scieurs de long.*

Hélas ! voici qu'à nouveau on crucifie notre Sauveur !

*Les sculptures.*

Les animaux aquatiques mourront dans les eaux bouillantes.

*Les poissons cuits à l'eau.*

Du ciel descendra brutalement une race qui nous apportera lumière et nourriture.

*Les olives qui tombent des oliviers et dont on fait l'huile pour les lampes.*

Celui qui aura d'abord été méprisé, lacéré, martyrisé et battu tant et plus, celui-là se verra ensuite respecté et honoré, et on écoutera ses conseils avec amour et révérence.

*Le lin dont on fait le papier chiffon.*

Les corps sans âme nous donneront par leurs sentences des conseils utiles pour bien préparer notre mort.

*Les livres qui prodiguent des conseils.*

Et quand on lui ôtera la tête, on verra son corps grandir de manière visible, et dès qu'on la lui rendra, sa hauteur tout aussitôt diminuera.

*Le poids posé sur un coussin de plumes.*

Et plus ces chasseurs d'animaux en prendront, et moins ils en auront, et inversement ils en auront d'autant plus qu'ils en attraperont moins.

*Ôter les poux*

Et plus ils le feront descendre, plus il s'élèvera.

*Puiser de l'eau avec deux seaux accrochés à une seule corde.*

Des viscères ils feront leur demeure, et habiteront dans leurs propres boyaux.

*La saucisse faite dans du boyau.*

Abjection ! car on verra des animaux fourrer leur langue dans le cul des autres.

*La langue des porcs et des veaux dans du boyau.*

La nourriture des bêtes pénétrera leur peau de toutes parts sauf par la bouche, elle passera à travers et en ressortira de l'autre côté, avant de tomber sur le sol.

*Les tamis faits en peau d'animaux.*

Les cornes féroces des puissants taureaux défendront la lumière nocturne de la fureur impétueuse des vents.

*Les lanternes.*

Les animaux volatiles soutiendront les hommes de leurs plumes.

*Les plumes dans les lits.*

Et l'on verra à travers tout le pays des gens marcher sur la peau des grands animaux.

*Les semelles en cuir de bœuf.*

Les hommes marcheront sans bouger, ils parleront à ceux qui ne sont pas là, ils entendront parler ceux qui ne disent rien.

*Le rêve.*

On verra des formes et des figures d'hommes et d'animaux suivre où qu'ils aillent hommes et animaux, faire les mêmes gestes qu'eux et susciter la stupeur en prenant tour à tour toutes sortes de taille.

*L'ombre qui bouge avec l'homme.*

Et l'on verra l'homme seul devenir trois, et tous trois le suivront ; et le plus souvent, c'est le plus fidèle qui l'abandonnera le premier.

*L'ombre et le reflet dans l'eau.*

Et pour avoir soufflé trop vite et trop fort, ils perdront la vue, puis toute pensée et tout sentiment.

*Éteindre la lampe en allant au lit.*

Dans de nombreuses régions d'Europe on entendra des instruments de différentes tailles produire leurs propres harmonies, au très grand déplaisir de ceux qui les entendront de tout près.

*Les clochettes accrochées près des oreilles des mulets.*

De grands efforts seront récompensés par la faim, la soif, la gêne, les coups de gourdin et de pique.

*Les ânes.*

On les verra vivement emportés par de grands animaux vers leur perte, et beaucoup mourront sans retard. On verra des animaux de toutes les couleurs emporter furieusement à travers les airs et la terre les hommes vers la destruction de leur existence.

*Les soldats à cheval.*

À cause des étoiles, on verra les hommes capables d'être tout aussi rapides que n'importe quel animal rapide.

*Les éperons en forme d'étoile.*

Le mouvement des morts fera pleurer et gémir de douleur les vivants, et les mettra en fuite.

*Les gourdins de bois mort.*

Par la pierre et le fer, les choses qu'on ne pouvait voir seront rendues visibles.

*L'amadou.*

Ceux qui possèdent la terre dévoreront ceux qui ont travaillé pour eux.

*Les bœufs que l'on mange.*

Les hommes parviendront à un tel degré d'ingratitude que celui qui leur aura offert le gîte sans rien demander en échange, voilà qu'ils le roueront de coups de bâton, au point que ses viscères se décolleront et se retourneront à l'intérieur de lui.

*Battre le lit pour le refaire.*

Et ils seront tués et impitoyablement mis en pièces par celui qui les a nourris.

*Ce que l'on tue pour le manger.*

Et l'on verra les hauts murs d'enceinte des grandes villes renversés dans leurs fossés.

*Les murailles des villes qui se reflètent dans l'eau des douves.*

Et les hommes changeront instantanément d'hémisphère.

*En tout point on peut diviser la terre en deux hémisphères.*

Tous les animaux se déplaceront de l'orient vers l'occident, et de même du nord au sud.

*En tout point on peut distinguer orient et occident.*

Des corps sans âmes bougeront tout seuls, emportant avec eux d'innombrables cadavres, et privant de leurs richesses ceux qui vivent auprès d'eux.

*Le cours des fleuves qui transportent des arbres morts.*

Ils seront innombrables, ceux à qui l'on interdira de naître.

*Les œufs qu'on mange et qui ne peuvent donc pas donner de poussins.*

La mort des mères enceintes causera la perte d'un nombre infini d'enfants.

*Les poissons qu'on mange avec leurs œufs.*

Nombreux seront les membres de l'espèce masculine que l'on privera de leurs testicules, les empêchant de procréer.

*Les animaux que l'on castre.*

On ôtera le lait aux tout jeunes enfants.

*Les animaux dont le lait sert à faire du fromage.*

Et à travers toute l'Europe, des populations entières pleureront la mort d'un seul homme.
*Les pleurs que l'on verse le vendredi saint.*

Dans les cornes des animaux on enfoncera des lames tranchantes, et on s'en servira pour ôter la vie aux animaux de même espèce.
*Les manches de couteau en corne.*

Et le monde en arrivera au point qu'on ne pourra plus distinguer les couleurs entre elles, et que toutes vireront au noir.
*La nuit, on ne voit pas les couleurs.*

Doux et inoffensifs par eux-mêmes, voilà qu'en mauvaise compagnie ils deviendront féroces et effroyables, ôtant sauvagement la vie à des multitudes de gens.
*Toutes seules, les épées et les lances ne font jamais de mal à personne.*

Et nul doute qu'ils en tueraient bien davantage si des corps sans âme ne sortaient des entrailles de la terre pour les défendre.
*Les cuirasses de fer.*

Des morts s'agiteront violemment et saisiront et entraveront les vivants, et ils les remettront à leurs ennemis, causant leur perte et leur destruction.

*Les lacets et les pièges.*

Hors des ténèbres d'antres secrets, sortiront ceux qui plongeront l'humanité entière dans d'immenses tourments, répandant le péril et la mort. À qui se soumettra à leur loi, ils donneront, après maintes souffrances, du plaisir ; à qui refusera de les suivre, la mort, dans la misère et la souffrance. L'un d'entre eux commettra des trahisons innombrables, l'autre fera croître le nombre des hommes mauvais qu'il poussera à tuer et à voler ; un autre se méfiera de ses propres partisans, un autre asservira les villes libres ; cet autre ôtera la vie à des foules de gens ; cet autre encore sèmera parmi les hommes les fléaux du mensonge, de la tromperie et de la trahison. Ô monstrueuses bêtes, comme il vaudrait mieux pour les hommes que vous vous en retourniez en enfer ! Par votre faute, les grandes forêts seront dépossédées de leurs arbres, par votre faute des multitudes d'animaux périront.

*Les métaux.*

D'un tout petit début naîtra celui qui très vite deviendra grand. Il n'aura de respect pour aucune créature, et il sera en son pouvoir de transformer entièrement l'être même de chaque chose.

*Le feu.*

Et l'on verra d'immenses corps sans vie emporter furieusement dans la mort des foules d'êtres humains.

*Les navires qui sombrent.*

Les hommes se parleront l'un l'autre de contrées reculées et ils se répondront.

*Écrire des lettres d'un pays à un autre.*

D'un hémisphère à l'autre, les hommes se parleront, et ils se toucheront, et ils s'embrasseront, et chacun comprendra le langage de l'autre.

*À propos des hémisphères, qui sont en nombre infini, comme est infini le nombre des lignes qui les séparent, de sorte que chaque homme a toujours une de ces lignes qui passe entre ses deux pieds.*

Pour exercer leur art, ils revêtiront de très

riches habits, comme d'autres enfilent un tablier.

*Les prêtres qui disent la messe.*

Des femmes perdues iront elles-mêmes et de leur propre gré révéler aux hommes toutes les luxures et toutes les actions honteuses quelles auront commises dans le plus grand secret.

*La confession.*

Nombre d'entre eux quitteront les efforts et les souffrances de la vie, et toutes les privations, et iront habiter dans l'opulence d'édifices majestueux, donnant ainsi l'exemple du moyen de plaire à Dieu.

*Les églises et les demeures des moines.*

On ne pourra pas même les compter, ceux qui vendront publiquement et facilement des biens d'un prix inestimable, sans les avoir jamais ni possédés ni eus en leur pouvoir, et sans permission du propriétaire légitime ; et la justice humaine ne s'en souciera pas.

*Vendre une place au Paradis.*

Ô sottises des hommes, ô pures folies ! Les foules apporteront des lumières en grand nombre pour éclairer le voyage de tous ceux qui auront entièrement perdu la faculté de voir.

*Les morts que l'on porte en terre.*

Et tandis qu'auparavant rien ne pouvait protéger les jeunes filles de la convoitise et des assauts des hommes, ni la surveillance des gens de la maison, ni les murs fortifiés, un temps viendra où il faudra que les pères et que les parents de celles-ci paient très cher ceux qui accepteront de coucher avec elles, même quand elles seront riches, nobles, et d'une très grande beauté. Et l'on voit ici que la nature désire certainement éteindre l'espèce humaine, en tant que chose inutile, capable seulement d'abîmer le monde.

*La dot des jeunes filles.*

On verra des animaux peupler la terre et combattre entre eux, et s'infliger de grands dommages, et souvent se donner réciproquement la mort. Leur méchanceté ne connaîtra pas de limite. De leurs membres cruels, ils jetteront à terre une multitude d'arbres des grandes forêts du monde ; et, lorsqu'ils seront repus, ils assouviront leurs désirs en semant la mort, et l'angoisse, et la souffrance, et la peur, et la déroute parmi toutes les créatures vivantes. Leur orgueil sera si démesuré qu'ils voudront s'élever dans les cieux, mais le trop grand poids de leurs membres les retiendra au sol. Rien sur la terre, ni sous la terre, ni sous l'eau ne sera à l'abri ; ils pourchasseront, saisiront, abîmeront toutes les choses, les enlevant parfois d'un pays à un autre. Et leur corps sera la sépulture des êtres vivants qu'ils auront tués. Ô monde, pourquoi ne t'ouvres-tu pas en deux, pour engloutir dans les entrailles de tes gouffres et de tes antres profonds ce monstre d'impitoyable cruauté, qu'il disparaisse de la surface de la terre !

*La cruauté de l'homme.*

On verra les arbres des grandes forêts du Taurus et du Sinaï, des Apennins et de Talas sillonner les airs de l'orient à l'occident et du nord au midi, et transporter sans toucher terre des multitudes d'hommes. Et beaucoup mourront, beaucoup imploreront ; des amis, des parents se sépareront ; beaucoup quitteront leurs villes et leurs patries pour ne plus les revoir ; beaucoup mourront sans sépulture, leurs ossements éparpillés dans différentes contrées du monde.

*La navigation.*

Et les pièces de monnaie invisible consacreront le triomphe de ceux qui les dépensent.

*Les frères, qui reçoivent de grandes richesses en prodiguant quelques paroles, et qui donnent le Paradis*

Nombreux seront ceux qui mourront de mort violente à cause des cornes bovines.

*Les arcs fabriqués avec des cornes de bœufs.*

Ayant foi dans le fils, ils ne feront de temple qu'au nom de la mère.

*Les chrétiens.*

Les corps des êtres animés passeront à travers les corps des autres animaux ; les demeures abandonnées par leurs occupants passeront ainsi, un morceau après l'autre, par les maisons habitées, en leur laissant le bon et en emportant le mauvais avec elles.

*La nourriture qui a été vivante. C'est-à-dire que la vie de l'homme se maintient grâce aux choses qu'il mange, qui en passant emportent avec elles les parties mortes de l'homme.*

Et les hommes dormiront et mangeront et

habiteront à l'intérieur des arbres nés dans les forêts et les campagnes.

*Les hommes qui vivent dans des maisons en bois.*

Les hommes croiront voir dans le ciel de nouveaux prodiges. Avec effroi ils verront la foudre s'élever et s'enfuir dans les airs au lieu de s'abattre, ils entendront toutes les sortes d'animaux parler le langage des hommes ; ils transporteront instantanément leur personne en divers lieux du globe sans bouger ; dans les ténèbres ils contempleront les plus grandes splendeurs. Ô incroyable espèce humaine, quelle est cette frénésie qui s'emparera de toi ? Tu parleras avec les animaux de toutes les espèces, et eux te répondront dans ta langue ; tu te verras tomber des sommets les plus hauts sans te faire le moindre mal, les torrents t'accompagneront...

*Le rêve.*

De très nombreux peuples se cacheront, avec leur descendance et toutes leurs provisions, dans de sombres cavernes. Là, dans ces antres ténébreux, ils se nourriront des mois et des mois durant, sans jamais voir aucune lumière, ni naturelle, ni artificielle.

*Les fourmis.*

Et on leur prendra leurs provisions et leur nourriture, et des êtres cruels viendront les enterrer ou les noyer sans raison. Ô justice divine, pourquoi permets-tu qu'on maltraite de la sorte tes créatures ?

*Les abeilles.*

On viendra leur arracher leurs tout jeunes enfants, et on les égorgera, et on les déchirera avec la plus grande sauvagerie.

*Les moutons, les vaches, les chèvres, et autres bêtes semblables.*

On arrachera les enfants des bras de leurs propres mères à grands coups de bâton, on les jettera par terre et on les déchirera.

*Les noix, les olives, les glands, les châtaignes et autres fruits semblables.*

Ô vous, habitantes et habitants des cités marines, je vous vois pieds et poings liés, solidement ligotés par des gens qui ne comprennent pas votre langue ! Et vous ne pourrez exprimer votre douleur et invoquer votre liberté perdue que par des pleurs et des soupirs, et des plaintes que personne d'autre que vous n'entendra, car ceux qui noueront vos liens ne vous comprendront pas, pas plus que vous ne les comprendrez.

*Les enfants en couches.*

Ô négligente nature, pourquoi traites-tu tes enfants de manière tellement injuste, te comportant envers les uns en mère bienveillante et pleine de compassion, envers les autres en marâtre cruelle et sans pitié ? Je vois certains de tes enfants, soumis à la servitude d'autrui sans aucun profit pour eux-mêmes, se voir pour tout paiement de leurs bienfaits infliger de très grands martyres, et donner leur vie entière au profit de leur bourreau.

*Les ânes frappés à coups de bâton.*

TABLE

T R A N S C O D É
ET ACHEVÉ D'IMPRIMER
EN JANVIER 2005
SUR LES PRESSES DE
CORLET IMPRIMEUR
À CONDÉ-SUR-NOIREAU
C A L V A D O S

Numéro d'édition : 0596
Numéro d'impression : 82287
Dépôt légal : janvier 2005
*Imprimé en France*